MATILDA and Her Magic Hat
MATILDA Y SU SOMBRERO MÁGICO

by
Luz Ortiz

Copyright © 2011 by Luz Ortiz
Illustrations copyright © 2011 by Luz Ortiz

Published by
Monarca Press
Infinity Insurance
PO Box 830189
Birmingham, AL 35282-9801
ReadConmigo.org

First Monarca Press edition: October 2011

ISBN 978-0-9839467-4-8
Cover illustration by Luz Ortiz
Printed in the United States of America

Matilda loves Godmother Beatriz dearly, especially her stories about when she was a little girl.

Godmother Beatriz shares all kinds of stories with her, like how she swam with marshmallow fish in a chocolate river. She even told her how she met Mr. Time who drove the fastest airplane on earth because THAT was how time flew.

Matilda ama profundamente a su madrina Beatriz; sobre todo sus historias de cuando ella era una niña.

Su madrina comparte toda clase de historias con Matilda; como cuando nadó en un río de chocolate con peces hechos de bombón. También le contó como conoció al Sr. Tiempo, que volaba en un avión muy rápido porque en su pueblo el tiempo volaba.

Godmother Beatriz knew Matilda was fascinated by magical stories. So, for her sixth birthday, Godmother Beatriz gave Matilda a special hat.

"Matilda, this hat has magic in it. Just put it on and off you will go to fantastic places."

Matilda was thrilled. She wanted to see all those places her Godmother visited as a little girl.

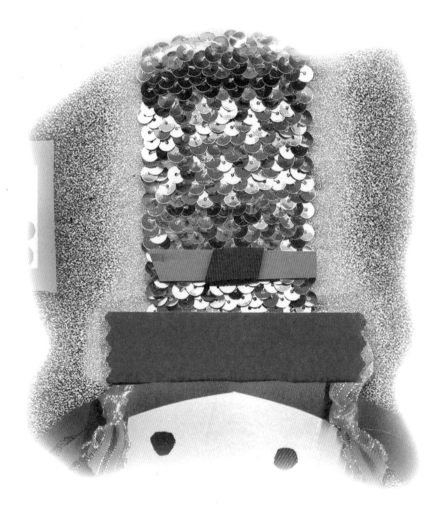

La madrina Beatriz sabía la fascinación que despertaba en Matilda sus historias, así que para su cumpleaños le regaló un sombrero especial.

"Matilda, este sombrero es mágico. Póntelo y podrás ir a lugares fantásticos".

Matilda estaba muy emocionada. Ella quería ir a visitar todos esos sitios que su madrina visitaba cuando ella era una niña.

So the very next day, she put on her new hat but nothing happened. She was surprised that her magic hat didn't work. But, she was not a quitter. She wore her hat again the next day, and the next day, and the next. But no magic happened. She didn't go to the places her Godmother Beatriz had described in her stories.

A la mañana siguiente, Matilda se puso su nuevo sombrero, pero nada pasó. Matilda se sorprendió de que su sombrero mágico no funcionara. Pero ella no se dio por vencida. Matilda se puso su sombrero al día siguiente y al siguiente... y al siguiente..., pero no sucedía la magia ni se iba a los sitios fantásticos que su madrina le relataba.

What could have gone wrong? She had followed all the instructions. She decided to ask her Godmother Beatriz.

"Godmother Beatriz, is the magic in this hat real? I have worn my hat every day but no magic!" said Matilda, disappointed.

Her Godmother laughed. "You really want to know?"

"Of course!" replied Matilda.

Then her Godmother instructed her, "Ok, put on the hat and close your eyes."

"I've already done that a million times," said Matilda.

"Just one more try!" replied her Godmother Beatriz. "Here, hold my hands."

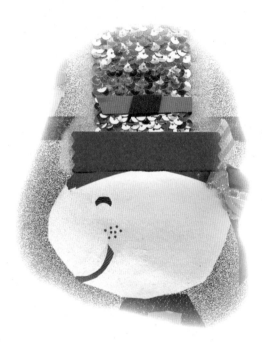

"¿Qué pude haber hecho mal?" —se preguntó Matilda. "Seguí las instrucciones al pie de la letra". Así que, decidió ir a preguntarle a su madrina:

"Madrina Beatriz, ¿la magia en este sombrero es de verdad? Me lo he puesto todos los días, pero ¡no pasa nada!" —dijo Matilda un poco desilusionada.

Su madrina soltó una carcajada. "¿De verdad quieres saber?"

"¡Claro que sí!" —le contestó Matilda.

Su madrina entonces le dijo: "Ponte el sombrero y cierra tus ojos".

"¡Ya hice esto muchas veces madrina!" —dijo Matilda.

"Inténtalo una vez más" —respondió su madrina. "A ver, dame las manos".

"What do you see?" asked Beatriz.
"Nothing. Everything is dark!" said Matilda.
"Matilda, close your eyes tight and REALLY see."
"Godmother, is this a joke?" Matilda asked peeking with one eye.
"Matilda, close your eyes!" said Godmother Beatriz emphatically.
Matilda closed her eyes again.

"Dime ¿qué ves?" —preguntó la madrina Beatriz.
"Nada. ¡Todo está oscuro!" —respondió Matilda.
"Matilda, cierra bien tus ojos y de VERDAD mira" —dijo su madrina.
"¿Madrina no me estás tomando el pelo?" —preguntó Matilda con un ojo entre abierto.
"Matilda ¡Cierra tus ojos!" —le dijo su madrina enfáticamente.
Así que Matilda volvió a cerrar sus ojos.

"Can't you feel the soft breeze passing through your hair? Oh, and the smell of lavender...do you smell it Matilda? And we're flying! Everything is so small from up here! I can even see our house," said Godmother Beatriz.

After a while, Matilda could almost feel the breeze and smell the flowers.

"I think it's working." Matilda whispered.

"Keep your eyes closed, Matilda. Tell me, where do you want to go?" Godmother Beatriz asked.

"I want to go to the chocolate river and swim in it!"

"Ok, now tell me what you see." said her Godmother.

"¿No sientes la suave brisa pasando por tu pelo? Hmmm y que rico olor a lavanda, ¿no hueles? ¡Estamos volando! Todo se ve diminuto desde aquí arriba. ¡Hasta puedo ver nuestra casa!" —dijo su madrina Beatriz.

Después de un momento de tener los ojos cerrados, Matilda empezó a sentir, oler y hasta probar lo que su madrina Beatriz veía.

"Mantén tus ojos cerrados. Matilda, ¿a dónde quieres ir?" —preguntó la madrina Beatriz.

"¡Quiero ir al río de chocolate y nadar en él!" —respondió Matilda muy emocionada.

"Bien. Ahora, dime lo que ves" —dijo su madrina.

DINNER.

Matilda gasped with surprise at how well the magic worked.

"The sky is blue and the sun is so warm! The clouds are made of yummy cotton candy."

"What else do you see?" Godmother Beatriz asked again.

"A blue unicorn! Godmother, this hat does have magic! You were right! It does take me places!" said Matilda.

Suddenly a voice from faraway said: "Matilda, it's dinner time. Wash your hands." It was Matilda's mom.

"It's time to come back Matilda," said Godmother Beatriz.

Matilda estaba sorprendida de ver la magia.

"El cielo es muy azul y el sol es tan calientito. Las nubes están hechas de algodón de azúcar, mmmm... ¡qué rico saben!"

"¿Qué más ves?" —preguntó de nuevo la madrina Beatriz.

"¡Un unicornio azul! Madrina, ¡el sombrero sí es mágico! Tienes razón, me lleva a lugares fantásticos" —dijo Matilda.

De repente una voz desde lejos dijo: "Matilda, es hora de la cena. Lávate las manos". Era la mamá de Matilda.

"Es hora de volver Matilda" —dijo la madrina Beatriz.

"But we are having so much fun! And my hat, what will happen if I misplace it? How will I get back?" asked Matilda very worried.

"I have news for you," Godmother Beatriz whispered. "The hat was just part of the trick. If you practice, you won't even need it."

"The magic is not in your hat. It is inside you Matilda, and it has a special name: Imagination. It can take you anywhere you want to go—even places you haven't imagined yet. But now it's time to go back! Let's count together and open our eyes."

They both counted, "1, 2, and 3!"

"¡Pero todo esto está tan divertido! Y mi sombrero, ¿qué pasa si lo llego a perder? ¿Cómo voy a volver aquí?" —preguntó Matilda preocupada.

"Te tengo que decir algo importante" —su madrina le susurró. "El sombrero sólo fue parte del juego, no lo necesitas".

"La magia no está en tu sombrero, está dentro de ti Matilda. Este lugar en donde estamos se llama imaginación. La imaginación te lleva a sitios donde la magia y la fantasía sí existen. En este mundo todo es posible. Nunca pares de usarla. ¡Pero es hora de volver! Contemos juntas y abre tus ojos".

Juntas contaron, "¡1, 2 y 3!"

Matilda and her Godmother went downstairs and had a delicious dinner. They were very happy to have shared an adventure together.

Matilda is all grown up now but she still visits magical places, just like her Godmother taught her.

Now it's your turn to use your imagination. Close your eyes...
What do you see?

Matilda y su madrina bajaron a comer una deliciosa cena. Ellas estaban felices de haber compartido una aventura juntas.

Matilda creció, pero todavía visita los lugares mágicos que su madrina le enseñó.

Ahora te toca a ti usar tu imaginación. Cierra tus ojos y de verdad mira...
¿Qué ves?

Godmother  la madrina

hat  el sombrero

birthday  el cumpleaños

disappointed  desilusionada

happy  feliz

LUZ ORTIZ is a picture book writer and illustrator born in Cali, Colombia. She started her career in advertising working as a copywriter in Spain and the United States. That experience led her to explore different avenues of the writing world and ultimately helped her find her passion which is writing and illustrating children's books. After living for 10 years in Miami, she moved to New York City where she freelances as an illustrator. Delivering positive and empowering messages is the intention and inspiration behind Luz's work.

Parents:
Enrich the bilingual learning environment in your home ...
Sign up for Club Read to receive FREE Read Conmigo books.
All Read Conmigo books are bilingual (English/Spanish).

Padres:
¡Hagan que su hogar sea el lugar ideal para aprender a leer en inglés y en español!
Inscríbanse al Club Read para recibir libros de Read Conmigo GRATIS.
Todos los libros de Club Read son bilingües (español/inglés).

ReadConmigo.org

"Matilda, this hat has magic in it. Just put it on and off
you will go to fantastic places."

"Matilda, este sombrero es mágico. Póntelo y podrás ir
a lugares fantásticos".

Monarca Press
Sponsored by

$3.99
ISBN 978-0-9839467-4-8
50399

9 780983 946748